10/18

12, AVENUE D'ITALIE. PARIS XIIIe

Sur l'auteur

Né à Kyoto en 1949, Haruki Murakami a étudié le théâtre et le cinéma, avant d'ouvrir un club de jazz à Tokyo en 1974. Son premier roman, *Écoute le chant du vent* (1979), un titre emprunté à Truman Capote, lui a valu le prix Gunzo et un succès immédiat. Suivront des recueils de nouvelles et des romans envoûtants, dont notamment *L'Éléphant s'évapore*, *Au sud de la frontière, à l'ouest du soleil*, *Les Amants du Spoutnik*, *Kafka sur le rivage* et dernièrement la trilogie 1Q84 (Belfond, 2011). Plusieurs fois favori pour le Nobel de littérature, Haruki Murakami a reçu le prestigieux Yomiuri Prize et le prix Kafka 2006.

HARUKI MURAKAMI

SOMMEIL

Traduit du japonais
par Corinne ATLAN

Illustrations de Kat Menschik

10/18

BELFOND

Titre original :
Nemuri
La nouvelle intitulée *Sommeil* a été initialement publiée
en japonais dans le recueil de nouvelles *TV People*,
Éditions Bungei Shunju Ltd.
Elle a également été publiée en français dans le recueil
de nouvelles *L'éléphant s'évapore*, Éditions Belfond.

© Illustrations de Kat Menschik reproduites avec l'aimable
autorisation de DuMont Buchverlag,
Cologne (Allemagne), 2009.
© Haruki Murakami 1990. Tous droits réservés.
© Belfond, un département de Place des Éditeurs, 2010
pour la traduction française.
ISBN : 978-2-264-05587-3

1

Voilà dix-sept nuits que je ne dors plus.

Attention, je ne parle pas d'insomnie. L'insomnie, j'ai une idée de ce que c'est. J'en ai fait une sorte à l'époque où j'étais à l'université. Je dis « une sorte » parce que je n'ai pas la certitude que les symptômes correspondaient exactement à ce qu'on appelle communément « insomnie ». Si j'étais allée consulter dans un hôpital, j'aurais sans doute au moins appris si c'était de l'insomnie ou pas. Mais il me semblait inutile d'aller à l'hôpital. Je n'avais aucune raison fondée de croire ça, une intuition, c'est tout. Je ne suis même pas allée voir un médecin. Et je n'en ai même pas parlé à ma famille ou à mes amis. De toute façon, ils m'auraient dit d'aller à l'hôpital.

Cette « sorte d'insomnie » avait duré tout un mois. Pendant ce mois-là, je n'ai pas passé une seule nuit de sommeil normale. Il suffisait que je me mette au lit avec l'idée de dormir pour qu'instantanément, comme par un réflexe conditionné, je me sente complètement réveillée. Plus je m'efforçais de m'endormir, moins j'y parvenais. Je me sentais au contraire de plus en plus réveillée. J'essayai toutes les méthodes possibles mais rien n'y fit, pas même les somnifères ni l'alcool.

Vers l'aube enfin, je sentais un assoupissement me gagner. Ce n'était cependant pas un véritable sommeil. À peine le bout de mes doigts effleurait-il le bord du sommeil que déjà je me réveillais. Je commençais à somnoler, mais je sentais ma conscience complètement éveillée me surveiller de la pièce voisine, à peine séparée de moi par une mince paroi. Mon corps physique flottait vaguement dans la clarté de l'aube, et juste à côté je sentais le regard insistant et la respiration de ma conscience. Mon corps voulait dormir, ma conscience voulait rester éveillée.

Je passais la journée entière dans un état de semi-somnolence. J'avais la tête vague, embrumée. Je n'arrivais plus à évaluer la distance qui me séparait des objets alentour, ni leur volume ou leur texture. Cette somnolence me submergeait, à intervalles réguliers, comme une vague. Sur la banquette du métro, à ma table de travail, pendant les cours ou le dîner, je m'assoupissais à mon insu. Ma conscience s'éloignait de mon corps. Le monde se mettait à vaciller sans bruit. Tout s'écroulait autour de moi. Je laissais tomber bruyamment à terre mon stylo, ma fourchette, mon sac à main. J'aurais voulu m'endormir profondément. Mais non. L'état de veille était toujours présent. Je sentais son ombre glacée au-dessus de moi. C'était ma propre ombre. Étrange, pensais-je au milieu de ma torpeur. Je suis à l'intérieur de mon ombre. Je marchais en somnolant, mangeais en somnolant, parlais en somnolant. Or, bizarrement, personne de mon entourage ne s'apercevait de l'état limite dans lequel je me trouvais. En un mois, je perdis six kilos. Mais ni ma famille ni mes amis n'y prêtèrent attention. Je vivais en dormant.

Oui, je dormais littéralement debout. Mon corps avait perdu toute sensation, tel le cadavre d'un noyé. Tout était émoussé, trouble. Mon existence même, les circonstances de ma vie n'avaient pas plus de réalité pour moi qu'une hallucination. Je pensais que s'il soufflait un vent assez fort mon corps serait emporté jusqu'au bout du monde. À l'autre bout de la terre, dans un lieu totalement inconnu de moi. Et mon corps resterait à jamais séparé de ma conscience. J'aurais voulu m'agripper solidement à quelque chose pour empêcher ça. Mais, j'avais beau regarder autour de moi, je ne voyais pas la moindre branche à laquelle me retenir.

Et, la nuit venue, je me réveillais complètement. Juste avant de me réveiller ainsi, j'étais vidée de mes forces. Une puissante force me maintenait enfermée dans cet état d'éveil. Cette force était si puissante que je ne pouvais rien faire pour lui résister, sinon rester éveillée jusqu'au matin. Je restais éveillée dans les ténèbres de la nuit. Je n'arrivais même pas à penser. J'entendais mon réveil égrener les heures, je regardais, immobile, les ténèbres s'approfondir, puis le jour se lever.

Un jour, cependant, cela prit fin. Sans le moindre signe précurseur, sans la moindre cause extérieure, cet état cessa brusquement. Un matin, à la table du petit déjeuner, je sentis le sommeil m'envahir comme un évanouissement. Je me levai sans un mot. Il me semble que quelque chose tomba de la table, que quelqu'un me parla. Mais je ne me rappelle rien. Je regagnai ma chambre en chancelant, me fourrai sous les couvertures sans même me changer et m'endormis aussitôt. Je dormis vingt-sept heures de suite. Ma mère, inquiète, vint me secouer plusieurs fois, me tapoter la joue. Mais je ne me réveillai pas. Je dormis comme une masse vingt-sept heures durant. Et, quand je me

réveillai enfin, j'étais de nouveau comme avant. Enfin, peut-être.

Qu'est-ce qui avait causé cette insomnie soudaine, pourquoi avait-elle guéri si brusquement, je n'en avais pas la moindre idée. Un gros nuage noir poussé par le vent était soudain venu couvrir le ciel. Ce nuage noir contenait tout un tas de choses funestes et inconnues de moi. D'où venait-il, vers où repartait-il, nul n'aurait pu le dire. En tout cas, il était venu, m'avait recouverte puis était reparti.

Mon manque de sommeil actuel n'a rien à voir avec tout ça. C'est complètement différent. *Je ne peux pas dormir, tout simplement.* Pas même un petit somme. À part cela, je suis tout à fait dans mon état normal. Je n'ai pas sommeil, ma conscience reste parfaitement claire. Plus claire que d'habitude, pourrais-je même dire. Aucun symptôme physique particulier non plus. J'ai de l'appétit. Je ne suis pas fatiguée. Du point de vue de la réalité quotidienne, il n'y a rien d'anormal. Simplement, je ne dors plus.

Ni mon mari ni mon fils ne se rendent compte que je ne dors pas. Je ne leur ai rien dit. Si j'en parle, ils me diront sans doute d'aller à l'hôpital. Et je sais que cela ne servira à rien. C'est comme pour mon insomnie d'autrefois. Je sais que je suis la seule à pouvoir traiter ça.

Ils ne sont donc pas au courant. En apparence, ma vie continue à se dérouler sans changement. Paisiblement, régulièrement. Après le départ de mon mari et de mon fils, chaque matin, je prends la voiture et vais faire des courses. Mon mari est dentiste, il a, à dix minutes de voiture à peine de notre résidence, un cabinet qu'il partage avec un de ses anciens camarades d'université. Cela leur permet de n'avoir qu'une assistante pour deux. Si l'un d'eux a trop de rendez-vous, il peut passer ses clients à l'autre. Comme ils sont très compétents tous les deux, le cabinet est plutôt florissant pour un cabinet qui a démarré il y a cinq ans sans le moindre appui extérieur. Ça marche même tellement bien que mon mari a trop de travail.

— Personnellement, j'aurais aimé mener une vie plus tranquille, dit mon mari, mais je ne peux pas me plaindre.

Oui, on ne peut pas se plaindre, c'est sûr. Pour ouvrir le cabinet, nous avons dû faire un emprunt à la banque beaucoup plus important que nous ne l'avions d'abord pensé. Un tel cabinet nécessite de gros investissements en matériel. Et la concurrence est féroce. Les patients ne se bousculent pas à la porte dès le lendemain de l'ouverture. On a vu pas mal de cabinets dentaires faire faillite par manque de clientèle.

Quand nous avons ouvert le cabinet, nous étions jeunes, pauvres et avions un enfant en bas âge. Personne ne savait si nous arriverions à trouver notre place dans ce monde sans pitié. Mais, cinq ans plus tard, on s'en était sortis. On ne pouvait pas se plaindre. Il nous restait à peu près les deux tiers de l'emprunt à rembourser.

— Je me demande si ce n'est pas parce que tu es bel homme que tu as tant de clients, disais-je.

C'était ma plaisanterie favorite. Parce que, en réalité, il n'était pas beau du tout. Il avait plutôt un drôle de visage. Aujourd'hui encore, il m'arrive de me demander pourquoi j'ai choisi un mari avec un visage si étrange. Alors que mon petit ami était si mignon…

Je ne sais comment décrire l'étrangeté du visage de mon mari. Il n'est pas beau, mais pas d'une laideur repoussante non plus. Franchement, le seul qualificatif qui convienne est « étrange ». Ou peut-être « insaisissable ». Mais ce n'est pas seulement ça. Il doit y avoir quelque part un élément important expliquant pourquoi son visage a des traits si indéfinissables. Si j'arrivais à saisir cet élément-là, je saisirais tout le caractère d'étrangeté de son visage, il me semble. Mais je n'y arrive pas. J'ai essayé de faire son portrait un jour, ça n'a pas marché. Je suis restée le stylo en l'air, incapable de savoir à quoi ressemblait mon mari. J'en étais moi-même abasourdie. Je vivais avec lui depuis si longtemps ! Et pourtant, j'étais incapable de me rappeler les traits de son visage. Évidemment, en le voyant, je le reconnaîtrais tout de suite. Et je peux évoquer son visage mentalement, mais quand j'essaie de le dessiner, je m'aperçois que rien ne vient. C'est comme se heurter à un mur invisible. Je n'en reviens pas. J'arrive seulement à me souvenir qu'il a un visage étrange.

De temps en temps, cela m'inquiète.

Pourtant il attire la sympathie, ce qui, cela va sans dire, est primordial dans ce genre de métier. Je suis sûre que même s'il avait choisi une autre branche professionnelle il aurait réussi. Il a un effet apaisant sur la plupart des gens qui parlent avec lui. Avant lui, je n'avais jamais rencontré personne comme ça. Mes amies l'adorent. Naturellement moi aussi je l'aime bien. Je crois même que je l'aime tout court. Mais pour être franche, je ne peux pas dire qu'il me « plaise » spécialement.

En tout cas, il a le don de savoir rire spontanément comme un enfant. Généralement, les hommes adultes sont incapables de rire comme ça. Et puis, mais c'est normal vu son métier, me direz-vous, il a de très belles dents.

— Ce n'est pas ma faute si je suis aussi beau, dit-il, toujours souriant, en réponse à ma plaisanterie.

Il répond invariablement ça. C'est une plaisanterie idiote qui ne fait rire que nous. Et c'est aussi une façon pour nous de reconnaître la réalité. Nous nous en sommes sortis, nous avons réussi à survivre dans ce monde sans pitié. C'est un petit rituel qui a son importance pour nous deux.

Tous les matins, à huit heures et quart, il monte dans sa Bluebird et quitte le parking de l'immeuble, notre fils assis à côté de lui. L'école primaire se trouve dans une rue juste en face du cabinet. Je lui dis : « Fais bien attention à toi », et il me répond : « Pas de problème. » Nous utilisons toujours les mêmes mots. Mais je ne peux pas m'empêcher de dire ça. Fais bien attention à toi, hein ? Et il ne peut pas s'empêcher de me répondre : Pas de problème. Il insère une cassette de Haydn ou de Mozart dans l'autoradio et démarre en chantonnant la mélodie. Ils agitent la main tous les deux pour me dire au revoir et s'en vont. C'est curieux à quel point leur façon d'agiter la main se ressemble. Ils penchent la tête suivant un angle identique, tournent vers moi deux paumes semblables, font de petits gestes de gauche à droite, comme s'ils répondaient aux injonctions d'un chorégraphe.

Moi, je me sers d'une Honda Civic. Une amie me l'a vendue il y a deux ans pour trois fois rien. Le pare-chocs est un peu enfoncé, et c'est un vieux modèle, la carrosserie est rouillée par endroits, elle doit avoir au moins cent cinquante mille kilomètres. Et de temps en temps, une ou deux fois par mois, le moteur se met à tousser de manière vraiment inquiétante. J'ai beau mettre le contact, elle refuse de démarrer. Après avoir essayé de l'amadouer pendant une dizaine de minutes, elle finit par me céder avec un vrombissement plein de santé. Bah, on n'y peut rien, me dis-je alors. Tout le monde a le droit d'avoir une saute d'humeur une ou deux fois par mois, et il arrive que tout ne marche pas comme on le voudrait. Le monde est ainsi fait. Mon mari appelle ma voiture « ton âne poussif ». Mais ça m'est bien égal : c'est *ma* voiture.

Je monte donc dans ma Civic et m'en vais faire les courses au supermarché. Après les courses, je fais le ménage et la lessive, puis je prépare le déjeuner. Le matin, je m'active autant que je peux ; si possible, je fais même mes préparatifs pour le dîner. Comme ça, il me reste tout l'après-midi pour moi.

Mon mari revient déjeuner à midi. Il n'aime pas manger dehors. « C'est bondé partout, on mange mal, après mes vêtements empestent le tabac », dit-il. Même si ça lui prend un peu plus de temps de faire l'aller-retour, il préfère rentrer déjeuner. Je ne lui cuisine pas des plats bien compliqués. S'il y a des restes de la veille, je les fais réchauffer au micro-ondes, sinon je fais des nouilles de sarrasin. Ce n'est donc pas le repas de midi qui me donne du travail en plus. Et puis, moi aussi, naturellement, plutôt que de déjeuner seule, je préfère déjeuner avec mon mari.

Tout au début, quand le cabinet venait d'ouvrir, il avait souvent un trou dans ses rendez-vous en début d'après-midi, et nous avions l'habitude de passer un moment au lit après déjeuner. C'était très agréable de faire l'amour à ces moments-là. Tout était calme alentour, la lumière douce de l'après-midi inondait la chambre. Nous étions bien plus jeunes que maintenant, nous étions heureux.

Nous sommes encore heureux ensemble, bien sûr. Il n'y a pas le moindre problème à l'horizon. J'aime mon mari. Je lui fais confiance. Enfin, je crois. Et je pense que c'est réciproque. Tout de même, avec le temps, les choses se sont un peu altérées, et on n'y peut rien. Et puis maintenant, ses après-midi sont pleins de rendez-vous. À la fin du repas, il va se brosser les dents à la salle de bains et se dépêche de remonter dans sa voiture pour retourner au cabinet. Des milliers, des dizaines de milliers de dents malades l'attendent. Mais nous savons tous les deux qu'on ne peut pas trop en demander.

Après son départ, je prends une serviette et un maillot de bain et je vais faire un tour en voiture au club de sport du quartier.

Je nage une demi-heure. Je m'entraîne assez dur. Ce n'est pas que j'aime spécialement nager. Je le fais seulement pour ne pas prendre de poids. J'ai toujours aimé ma silhouette. À franchement parler, je n'ai jamais aimé mon visage. Je ne pense pas être spécialement vilaine, cependant mon visage ne me plaît pas. Tandis que mon corps, si. J'aime bien le regarder nu dans le miroir. J'aime ses contours doux, sa vitalité pleine d'équilibre. Il me semble qu'il y a quelque chose d'extrêmement précieux pour moi dans ce corps. Je ne sais pas ce que c'est. Mais je sais que je ne veux pas le perdre.

J'ai trente ans. Tous ceux qui ont déjà eu trente ans me comprendront, ce n'est pas parce qu'on atteint cet âge que c'est la fin du monde. Certes, ce n'est pas spécialement gai de vieillir, mais il faut avouer que cela facilite certaines choses. C'est une question de philosophie. Une chose est sûre : quand une femme arrive à trente ans, si elle aime son corps et veut garder la même ligne encore longtemps, elle a intérêt à faire des efforts. C'est ma mère qui m'a appris ça. Autrefois, ma mère était une femme mince et belle.

Ce n'est plus le cas, malheureusement. Et moi, je ne tiens pas à devenir comme elle.

Après la séance de natation, j'occupe le reste de mon après-midi à des activités différentes selon les jours. Il m'arrive de flâner dans les rues au hasard en faisant du lèche-vitrines, ou sinon de rentrer à la maison et de m'installer sur le canapé avec un livre, ou alors j'écoute la radio ; parfois je me mets simplement à somnoler. Bientôt, mon fils rentre de l'école. Je le fais se changer et je lui donne son goûter. Après le goûter, il sort jouer avec ses amis. Il est encore au cours élémentaire, il ne va pas au cours de rattrapage du soir, et je ne lui fais pas faire non plus d'activités extra-scolaires. Laissons-le jouer, estime mon mari. Laissons-le grandir naturellement en s'amusant. Au moment où il sort jouer, je lui dis : « Fais attention à toi, hein ? » et il me répond : « Pas de problème. » Comme mon mari.

Ensuite, je commence à préparer le dîner. Mon fils remonte toujours à six heures. Puis il regarde des dessins animés à la télé. Lorsque mon mari n'a pas de rendez-vous trop tardifs, il rentre à la maison vers sept heures. Il ne boit pas d'alcool et n'est pas très sociable, ce qui fait qu'il ne s'attarde jamais en route et rentre directement à la maison une fois son travail terminé. Pendant le repas, chacun raconte sa journée. Mais

c'est mon fils qui parle le plus. C'est normal, pour lui chaque événement de la journée est plein de la fraîcheur et du mystère de la nouveauté. Il nous les raconte donc tous, et mon mari et moi lui expliquons ce que nous pensons de ceci ou de cela. Après le repas, notre fils s'amuse seul un moment, il regarde la télé, lit un livre ou parfois fait des jeux de société avec son père. Quand il a des devoirs, il s'enferme seul dans sa chambre. À huit heures et demie, il va se coucher. Je le borde, lui caresse les cheveux en lui souhaitant bonne nuit, puis j'éteins la lumière.

Alors nous nous retrouvons seuls face à face, mon mari et moi.

Il s'installe sur le canapé pour lire le journal, me parle un peu de ses patients ou commente tel ou tel article du jour. Ensuite nous écoutons du Haydn ou du Mozart. Je ne déteste pas la musique, mais je suis incapable de faire la différence entre Haydn et Mozart. Les deux sonnent exactement pareil à mon oreille. « Ce n'est pas important de comprendre la différence ; quand c'est beau, c'est beau, et ça suffit », dit mon mari, et je lui réponds : « C'est comme pour toi ! » « Oui, comme pour moi », fait-il, avec un grand sourire. L'air ravi.

Voilà à quoi ressemble ma vie. Je veux dire : à quoi ressemblait ma vie avant que j'arrête de dormir. En résumé, chaque jour était la répétition exacte de la veille. Je tenais une espèce de journal intime très succinct, et chaque fois que je laissais passer deux ou trois jours sans écrire, plus moyen de me rappeler de quel jour dataient mes notes précédentes. J'aurais pu intervertir sans aucun inconvénient la veille et l'avant-veille. De temps en temps, je me demandais : Mais quel genre de vie est-ce là ? Je n'en ressentais pas vraiment le vide, je m'étonnais seulement de ne pouvoir distinguer la veille du lendemain. Simplement parce que j'étais complètement accaparée, englobée par cette vie-là. Et que le vent effaçait les traces de mes pas avant même que j'aie pu les voir. Dans ces moments-là, j'allais à la salle de bains et je me regardais dans la glace. Je fixais mon visage pendant une quinzaine de minutes. La tête vide, sans penser à rien. Je regardais mon visage comme un simple objet. Et celui-ci se séparait peu à peu de moi. Il devenait une pure chose, qui existait là, en même temps que moi. C'est ça, la réalité, me disais-je alors. Les traces de pas qu'on laisse, tout ça, qui s'en soucie ? Moi aussi je coexiste comme ça avec la réalité, et c'est le plus important.

Mais maintenant, je ne dors plus. Et depuis que je ne dors plus, j'ai cessé d'écrire mon journal.

2

Je me rappelle nettement la première nuit où je n'ai pas dormi. J'avais fait un cauchemar, un rêve sombre et glauque, dont j'ai oublié le contenu précis mais qui m'a laissé une impression sinistre. Je me suis réveillée brusquement, en sursaut, comme si quelque chose m'avait arrachée au sommeil à l'instant le plus dangereux, le plus effrayant du rêve, au point de non-retour. Je suis restée pantelante un bon moment après mon réveil. Je ne pouvais plus bouger, mes bras et mes jambes étaient comme paralysés. J'entendais ma respiration résonner désagréablement comme si j'étais allongée, seule, au fond d'une grotte.

C'est un cauchemar, me suis-je dit. Et puis, j'ai attendu patiemment, allongée sur le dos, que ma respiration se calme. Mon cœur battait violem-

ment, mes poumons se gonflaient et se vidaient comme un soufflet pour envoyer rapidement du sang vers mon cœur, marquant le passage du temps. Quelle heure peut-il bien être me demandai-je soudain. Je voulus regarder le réveil à mon chevet, mais je ne pouvais pas tourner la tête. À ce moment, il me sembla distinguer une ombre noire à mes pieds, vaguement visible dans la pénombre. Je retins mon souffle, sentant tout l'intérieur de mon corps, cœur et poumons compris, s'arrêter de fonctionner un instant. Je concentrai mon regard sur cette ombre.

Elle cessa soudain d'être vague, comme si elle n'attendait que mon regard pour se matérialiser, et prit des contours extraordinairement précis, une forme réelle se coula à l'intérieur, avec tous ses détails. Un vieillard maigre, vêtu de vêtements noirs ajustés, se tenait debout en silence au pied de mon lit. Il avait des cheveux gris, coupés court, des joues creuses, et me fixait de son regard perçant. Il avait des yeux immenses, dans lesquels je distinguais nettement un réseau de vaisseaux rouges. Quant à son visage, il était complètement inexpressif. Il ne m'adressa pas un mot. Il semblait aussi vide qu'un trou sans fond.

Ce n'est pas un rêve, me dis-je. J'étais réveillée maintenant, et pas vaguement, non, aussi

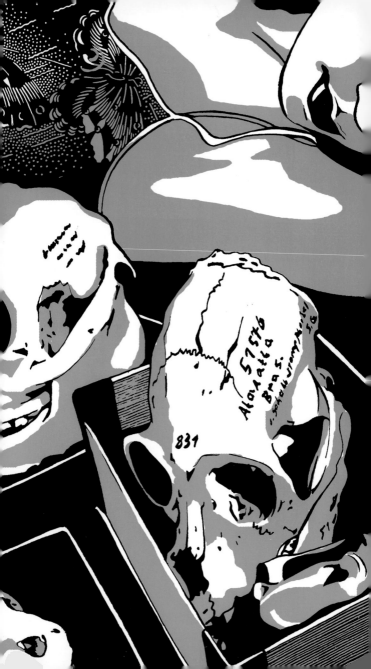

réveillée que si l'on m'avait pincée. Ce n'était pas un rêve. C'était la réalité. J'essayai de bouger. Je devais réveiller mon mari, allumer la lumière. Mais j'eus beau tenter de rassembler mes forces, il me fut impossible de bouger même un seul doigt. Je commençai à avoir peur. Un frisson d'horreur s'éleva sans bruit de l'insondable tréfonds de la mémoire originelle, me glaça jusqu'à la racine même de mon être. Je voulus crier. Pas un son ne sortit de ma bouche. Même ma langue ne m'obéissait plus. Tout ce que je pouvais faire, c'était regarder fixement ce vieillard en face de moi.

Il tenait quelque chose à la main, un objet oblong qui répandait une lueur blanche. J'étudiai l'objet, la forme commença à se préciser : c'était une carafe. Une carafe ancienne de porcelaine blanche. Au bout d'un moment, il la souleva en l'air et se mit à verser de l'eau sur mes pieds. Mais je ne pouvais pas sentir le contact de l'eau. Je voyais qu'il y avait de l'eau sur mes pieds, je l'entendais couler et je ne sentais rien.

Le vieillard continuait à verser de l'eau, mais, chose étrange, le contenu de la carafe ne diminuait pas pour autant. Je finissais par penser que mes pieds allaient se mettre à pourrir ou à fondre, noyés sous toute cette eau. À

cette idée, je commençai à sentir ma patience m'abandonner.

Fermant les yeux, je me mis à hurler de toutes mes forces.

Mais aucun son ne sortit de ma bouche. L'air ne vibrait plus sous ma langue, et mon cri se répercuta sans bruit à l'intérieur de moi-même. Ce hurlement muet parcourut tout mon corps, mon cœur s'arrêta de battre, tout devint blanc dans ma tête. Ce cri pénétrant jusqu'au tréfonds de mes cellules tua quelque chose en moi, le fit fondre. Tel l'éclair aveuglant d'une bombe, cette vibration à vide calcina jusqu'à la racine tous les éléments de mon existence d'*avant*.

Quand je rouvris les yeux, le vieillard n'était plus là. Ni la carafe. Je regardai mes jambes. Plus une trace de toute cette eau déversée sur mon lit. Les couvertures étaient sèches. En revanche, mon corps était trempé de sueur. Une effrayante quantité de sueur. Je ne pouvais pas croire que mon corps ait contenu à lui seul autant de sueur. C'était pourtant ma propre transpiration.

Je repliai mes doigts un à un, pliai un bras. Ensuite je remuai les pieds. Agitai une cheville, fis bouger mes genoux. J'arrivais à mouvoir chaque partie de mon corps, même si ce n'était pas aussi facile que d'habitude. Après avoir ainsi soigneusement vérifié que tout mon corps fonctionnait à nouveau, je me soulevai doucement et, du regard, fis le tour de la pièce, éclairée par la faible lumière des réverbères de la rue, jusqu'au moindre recoin. Je ne vis pas trace du vieillard.

À mon chevet, le réveil indiquait minuit et demi. M'étant couchée peu avant onze heures, cela voulait dire que j'avais à peine dormi une heure et demie. Dans le lit voisin, mon mari, profondément endormi, était comme assommé, je ne l'entendais même pas respirer. Une fois qu'il dormait, rien ne pouvait le réveiller.

Je quittai mon lit, allai à la salle de bains, ôtai ma chemise de nuit trempée de sueur, la jetai dans la machine à laver, pris une douche. Ensuite, je choisis un pyjama propre dans le tiroir de la commode, l'enfilai, puis allumai le lampadaire du salon, m'assis sur le canapé et me servis un verre. Je ne bois pratiquement jamais. Ce n'est pas que j'aie une incompatibilité physique avec l'alcool, comme mon mari ; autrefois je buvais même pas mal, mais depuis mon mariage j'ai complètement cessé. Tout juste si je bois une gorgée de cognac quand je n'arrive vraiment pas à dormir. Mais ce soir-là, pour calmer mes nerfs durement éprouvés, il fallait que je prenne un verre.

Il y avait une bouteille de Rémy Martin sur une étagère, le seul alcool qui se trouve à la maison. Un cadeau de quelqu'un. J'ai oublié de qui, cela fait si longtemps que cette bouteille est là. Elle était un peu poussiéreuse. Naturellement, il n'y a pas de verre à cognac à la maison, je me le servis donc dans un verre ordinaire et le bus lentement, savourant chaque gorgée.

Je tremblais encore un peu, mais ma peur avait diminué.

J'avais peut-être été ensorcelée… Cela ne m'était jamais arrivé à moi, mais j'avais entendu parler de ce genre de chose par une amie de l'université qui en avait fait l'expérience. Elle m'avait expliqué qu'on voit la scène si nettement qu'on ne peut penser qu'il s'agisse d'un rêve. « Même maintenant, je suis sûre que ce n'était pas un rêve », avait-elle ajouté. Moi non plus, je n'avais pas l'impression d'avoir rêvé. Pourtant, c'était un rêve. Un rêve qui ressemblait étrangement à la réalité.

Cependant, même si la peur m'avait quittée, je tremblais toujours. Des ondes continuaient à courir à la surface de ma peau, clairement visibles, comme les secousses subsidiaires d'un tremblement de terre. C'est à cause de ce cri, me dis-je. Ce cri qui était resté à l'intérieur de moi me faisait encore trembler.

Je fermai les yeux, avalai une autre gorgée de cognac. Je sentis le liquide chaud descendre de ma gorge dans mon estomac. C'était une sensation extrêmement concrète.

Soudain, je m'inquiétai pour mon fils. En pensant à lui, mon cœur se remit à battre de toutes ses forces. Je me levai, courus à sa chambre. Il dormait profondément, une main posée au coin des lèvres, l'autre ouverte sur le côté. Apparemment, son sommeil était paisible, tout comme celui de mon mari. J'arrangeai son lit, le bordai. Qu'est-ce qui avait bien pu troubler ainsi mon sommeil ? Je l'ignorais, mais, vraisemblablement, cela n'avait dérangé que moi. Mon mari et mon fils ne s'étaient rendu compte de rien.

Je revins au salon, tournai en rond un moment. Je n'avais absolument pas sommeil.

Et si je prenais un autre verre de cognac ? me dis-je. J'avais vraiment envie de boire davantage, cela me réchaufferait, me calmerait les nerfs. Je voulais sentir à nouveau ce goût puissant se répandre dans ma bouche. Mais, après avoir hésité un moment, je décidai de ne pas boire. Je ne voulais pas garder de trace de mon ivresse jusqu'au lendemain matin. Je refermai le placard, rinçai le verre dans l'évier. Puis je sortis des fraises du réfrigérateur et les mangeai.

Je m'aperçus soudain que je ne tremblais plus.

Qui pouvait bien être ce vieillard vêtu de noir ? Je ne l'avais jamais vu auparavant. Il était bizarrement vêtu. On aurait dit un vêtement de sport ajusté, et en même temps des vêtements d'autrefois. Jamais je n'en avais vu de pareils. Et ses yeux. Des yeux striés de rouge qui ne cillaient pas. Qui était-il ? Et pourquoi me versait-il de l'eau sur les pieds ? Pourquoi faire une chose pareille ?

Je ne comprenais pas. Je n'avais pas le moindre indice.

Quand mon amie avait fait ce rêve éveillé, elle dormait dans la maison de son fiancé. Dans son sommeil, un homme d'une cinquantaine d'années au visage sévère était apparu et lui avait ordonné brutalement de s'en aller. Pendant tout ce temps, elle était restée pétrifiée dans son lit, incapable de bouger. Soudain, elle s'était sentie inondée de sueur. Ce personnage était à n'en pas douter le fantôme du père de son fiancé. C'était lui qui voulait la chasser de la maison. Le lendemain matin, elle avait demandé à son fiancé de lui montrer une photo de son père, mais il ne ressemblait pas du tout à son apparition. Elle s'était alors dit que cela était dû à la tension qu'elle ressentait en dormant chez son fiancé.

Mais moi je ne suis pas du tout tendue. Et je suis chez moi. Il n'y a pas la moindre chose qui puisse me paraître menaçante ici. Pourquoi devrais-je être paralysée par un sort justement ici et maintenant ?

Je secouai la tête. Arrêtons de réfléchir. C'était un rêve éveillé, voilà tout. J'avais dû accumuler de la fatigue sans m'en rendre compte. Le tennis d'avant-hier, sans doute. J'y avais joué un peu trop longtemps, sur l'invitation d'une amie rencontrée au club de sport, après ma séance de natation. Après avoir dégusté mes fraises, je m'allongeai sur le canapé et fermai les yeux pour essayer de dormir.

Je n'avais absolument pas sommeil.

Allons bon ! Vraiment pas, mais vraiment pas sommeil.

Et si je lisais un livre pour m'endormir ? Je suis allée dans la chambre, ai choisi un livre sur une étagère. J'avais allumé la lumière pour chercher, mon mari n'a même pas tressailli. Je me suis décidée pour *Anna Karénine.* J'avais envie de lire un long roman russe. J'avais déjà lu *Anna Karénine* une fois, voilà bien longtemps, lorsque j'étais au lycée si je me souviens bien. Mais je ne me rappelais pratiquement pas l'intrigue. Je me souvenais de la première phrase, et de la fin, quand l'héroïne se jette sous un train. « Il n'y a qu'une sorte de famille heureuse, mais aucune famille malheureuse ne ressemble à une autre. »

Quelque chose comme ça. En tout cas, il y avait au début une scène annonçant le suicide final de l'héroïne. Et puis la scène du champ de courses, peut-être ? Ou alors était-ce dans un autre roman ?

Je me rassis sur le canapé, j'ouvris le livre. Cela faisait combien d'années que je ne m'étais pas assise sagement comme ça pour lire un roman ? Naturellement, il m'arrivait de prendre un livre de temps en temps et de lire une demi-heure ou une heure, l'après-midi. Mais on ne pouvait pas vraiment appeler ça de la lecture. J'ouvrais le livre et tout de suite après je me mettais à penser à autre chose. À mon fils, aux courses à faire, au réfrigérateur qui ne marchait pas bien, à ce que j'allais mettre pour le mariage de ma cousine, à mon père qui s'était fait opérer un mois plus tôt ; tout un tas de choses me venaient à l'esprit et prenaient de plus en plus d'importance, m'entraînant dans toutes sortes de directions. Et tout à coup, je m'apercevais que les aiguilles avaient tourné et que mon livre était toujours ouvert à la même page.

C'est ainsi qu'en un rien de temps je me suis habituée à vivre sans livres. En y réfléchissant, c'est très étrange. Depuis l'enfance, la lecture avait toujours été au centre de ma vie. Déjà, à l'école primaire, je dévorais tous les livres de la bibliothèque, tout mon argent de poche passait dans l'achat de livres. J'avais cinq frères et sœurs et j'étais juste au milieu, mes parents travaillaient tous les deux et étaient des gens très occupés, personne ne faisait attention à moi. C'est pourquoi je passais tout mon temps à lire seule dans mon coin. Dès qu'il y avait un concours de lecture ou d'écriture, je me présentais, et en général je gagnais, ce qui me permettait d'avoir des bons d'achat pour d'autres livres. Une fois à l'université, je choisis d'étudier la littérature anglaise. Là aussi, j'eus de bons résultats. Ma thèse de fin d'études sur Katherine Mansfield avait obtenu la meilleure note, et mes professeurs m'encourageaient à passer mon doctorat. Mais à cette époque j'avais déjà envie d'entrer dans la vie active. Finalement, je n'étais pas quelqu'un de très porté sur les études, et je le savais. J'aimais lire, c'est tout. Et même si j'avais voulu pousser les études plus loin, ma famille n'avait pas vraiment les moyens de m'entretenir jusqu'au doctorat. Ils n'étaient pas pauvres, mais j'avais encore deux sœurs cadettes. Il fallait donc que je quitte l'université, et ma famille, pour voler de mes propres ailes. Il fallait que je me mette à vivre, littéralement, à la sueur de mon front.

Quand avais-je lu un livre en entier pour la dernière fois ? Et duquel s'agissait-il ? J'avais beau

réfléchir, je ne me rappelais pas le titre. Comment la vie pouvait-elle changer ainsi du tout au tout ? Où était passé l'ancien moi qui dévorait les livres comme un possédé ? Que représentaient pour moi cette époque-là et cette frénésie de lecture presque anormale ?

Ce soir-là, pourtant, je parvins à concentrer toute mon attention sur *Anna Karénine*. Je tournais les pages, captivée, sans penser à rien d'autre. Je lus d'une traite jusqu'au passage de la première rencontre entre Vronski et Anna Karénine à la gare de Moscou. Puis j'insérai un marque-page dans le livre, sortis à nouveau la bouteille de cognac et m'en servis un autre verre.

Je ne m'en étais pas aperçue autrefois en le lisant mais, à la réflexion, quel étrange roman ! L'héroïne n'apparaissait pas avant la page cent seize. Les lecteurs du XIXe siècle trouvaient-ils cela normal ? Je réfléchis un moment à la question. Les lecteurs supportaient-ils patiemment l'interminable description de la vie d'un ennuyeux personnage secondaire, Oblonski, en attendant l'entrée en scène de la belle héroïne ? Peut-être. Peut-être que les gens de cette époque avaient tout le temps devant eux. En tout cas, ceux qui appartenaient à la classe sociale qui lisait des romans.

En regardant le réveil, je m'aperçus qu'il était trois heures du matin. Trois heures ? ! Et je n'avais toujours pas sommeil.

Bon, qu'est-ce que je fais maintenant ?

Je n'ai pas du tout sommeil. Je pourrais continuer à lire. J'ai vraiment envie de lire la suite. Pourtant il faut que je dorme.

Je me remémorai la période où l'insomnie me tourmentait. Ce temps où je passais mes journées dans un brouillard cotonneux. Je ne voulais plus que ça m'arrive. À l'époque, j'étais étudiante, je pouvais m'en sortir, même en vivant dans cet état. Mais plus maintenant. Maintenant, j'étais une épouse, une mère. J'avais des responsabilités. Il fallait que je prépare les repas de mon mari, que je m'occupe de mon fils…

Mais j'aurais beau me mettre au lit, je n'arriverais pas à fermer l'œil. Je le savais. Je secouai la tête. Rien à faire. *Je n'ai pas du tout, du tout sommeil, et j'ai envie de connaître la suite du roman.* Je poussai un soupir, jetai un coup d'œil au livre posé sur la table.

Finalement, je lus *Anna Karénine* jusqu'aux premières lueurs du jour. Anna et Vronski se regardent longuement au bal, tombent passionnément amoureux l'un de l'autre. Anna assiste à la chute de cheval de son amant au champ de courses (il y avait donc bien une scène qui se passait dans un champ de courses !). Affolée, elle confesse son infidélité à son mari. Je montais à cheval avec Vronski, sautais les obstacles, j'entendais les cris d'encouragement de la foule. J'étais au milieu des spectateurs, je voyais la chute de mes yeux. Quand le jour commença à blanchir la fenêtre, je reposai le livre, allai à la cuisine, me fis un café. Je ne pouvais plus penser à rien, à cause des scènes du roman qui me restaient dans la tête et d'une faim violente qui venait de m'assaillir. Ma conscience vivait une chose, quelque part, et mon corps une autre, ailleurs. Je coupai du pain, le tartinai de beurre et de moutarde, me fis un sandwich au fromage que je mangeai aussitôt, debout devant l'évier. C'était vraiment rare chez moi d'avoir faim à ce point-là. C'était une faim vraiment violente, douloureuse presque. J'avais encore faim après mon sandwich, si bien que je m'en préparai un autre, le dévorai, puis me fis une autre tasse de café.

3

Je ne soufflai mot à mon mari ni de mon rêve ni de mon insomnie. Je n'avais pas spécialement l'intention de lui cacher ce qui s'était passé, mais je ne voyais pas de raison de lui en parler exprès. Cela ne m'aurait avancée à rien, et puis, à la réflexion, passer une nuit blanche n'était pas une affaire d'État. Ça arrivait à tout le monde.

Comme d'habitude, je préparai un café pour mon mari, un lait chaud pour mon fils. Mon mari mangea des toasts, mon fils des *corn flakes*. Mon mari parcourut le journal, mon fils chantonna une chanson apprise depuis peu. Puis tous deux montèrent dans la Bluebird et s'en allèrent. « Fais bien attention à toi », dis-je. « Pas de problème », me répondit mon mari. Tous deux agitèrent la main pour me dire au revoir. Comme d'habitude.

Après leur départ, je m'assis sur le canapé et réfléchis à ce que j'allais faire. Que devais-je faire ?

Qu'avais-je donc à faire ? J'allai à la cuisine, ouvris le réfrigérateur, en inspectai le contenu. Bon, ça ne devrait poser aucun problème si je ne faisais pas de courses aujourd'hui. Il y avait du pain, du lait, des œufs, de la viande dans le congélateur. Des légumes. Tout ce qu'il fallait pour tenir jusqu'au lendemain midi.

Je devais passer à la banque, mais ce n'était pas urgent, je n'avais pas besoin d'y aller absolument le jour même. Ça pouvait attendre le lendemain sans problème.

Je me mis donc à lire la suite d'*Anna Karénine*. Je m'apercevais en le relisant que je n'avais gardé aucun souvenir de ce roman. Je ne me rappelais ni des personnages ni des scènes. Il me semblait que je lisais ce livre pour la première fois. C'était étrange. Ç'avait pourtant dû me toucher à l'époque où je l'avais lu ; or rien ne m'en était resté. Toutes ces émotions qui étaient montées en moi et m'avaient fait trembler s'étaient évaporées en un rien de temps, sans laisser la moindre trace. Et l'énorme quantité de temps que je passais à cette époque à lire des livres, qu'est-ce que cela représentait pour moi ? J'interrompis ma lecture un moment pour y réfléchir. Je ne comprenais pas bien moi-même, et mes pensées m'entraînèrent rapidement si loin que je ne savais plus à quoi je réfléchissais. Je m'aperçus que j'étais en train de regarder par la fenêtre, l'œil vaguement posé sur les arbres. Je secouai la tête et repris mon livre.

Vers le milieu du premier tome, je découvris des miettes de chocolat coincées dans la reliure. Du chocolat tout sec et émietté, à moitié collé sur les pages. J'avais dû lire ce livre en mangeant du chocolat lorsque j'étais au lycée. À l'époque, j'aimais lire en mangeant. Tiens, depuis mon mariage je n'avais pas touché un morceau de chocolat. Mon mari n'aime pas que je mange des gâteaux, des sucreries. Je n'en donne pas non plus à mon fils. Si bien qu'il n'y a jamais rien de sucré à la maison.

La vue de ces miettes de chocolat vieilles de plus de dix ans, à la couleur ternie, me donna une envie folle d'en manger. Je voulais lire *Anna Karénine* en mangeant du chocolat, comme autrefois. Je sentais dans chaque cellule de mon corps une soif intense de chocolat.

J'enfilai un cardigan, pris l'ascenseur, descendis en bas de l'immeuble. J'allai jusqu'à la pâtisserie la plus proche, achetai deux tablettes de chocolat au lait qui avaient l'air excessivement sucrées. À peine sortie du magasin, je déchirai l'emballage et entamai une tablette en marchant. Le parfum du chocolat au lait m'emplissait la bouche. Je sentais nettement ce goût sucré pénétrer directement jusqu'au moindre recoin de mon corps. Dans l'ascenseur, je mis un deuxième carré dans ma bouche. Un parfum de chocolat emplit l'ascenseur.

Assise sur le canapé, je poursuivis ma lecture d'*Anna Karénine*. Je n'avais pas du tout sommeil et ne me sentais pas fatiguée. J'aurais pu continuer à lire des heures et des heures. J'avalai rapidement la première tablette de chocolat, ouvris l'emballage de la seconde mais n'en mangeai que la moitié. Quand j'en fus environ aux deux tiers du premier tome, je regardai ma montre : onze heures quarante.

Onze heures quarante ?

Mon mari n'allait pas tarder à rentrer. Je refermai le livre en hâte, me dirigeai vers la cuisine, mis de l'eau dans une casserole, allumai le gaz. Puis je coupai un oignon en lamelles et commençai à faire chauffer des nouilles de sarrasin. Pendant ce temps, je mis des algues *wakame* déshydratées à gonfler dans de l'eau, les mélangeai à du vinaigre. Je sortis un bloc de *tofu* du réfrigérateur, préparai un plat de *tofu* froid. Ensuite j'allai à la salle de bains et me lavai les dents pour effacer l'odeur du chocolat.

Mon mari revint au moment où l'eau commençait à bouillir. Il avait fini de travailler plus tôt que prévu, expliqua-t-il. Nous nous mîmes à table. Tout en mangeant ses nouilles, mon mari me parla du nouvel équipement dentaire qu'il voulait introduire au cabinet, une machine capable d'enlever la plaque dentaire bien mieux qu'aucune ne le faisait jusqu'à présent. Plus rapidement aussi. « Comme d'habitude, c'est assez onéreux, mais je pense pouvoir rentrer dans mes frais assez rapidement avec une telle machine. De plus en plus de gens viennent chez le dentiste uniquement pour se faire enlever la plaque dentaire. Qu'en penses-tu ? » me demanda-t-il. Je n'avais aucune envie de penser à ces histoires de plaque dentaire, encore moins d'en entendre parler pendant le repas, ou d'y réfléchir sérieusement. Moi, je pensais à une course d'obstacles. Pas à la plaque dentaire.

Mais je ne pouvais pas m'en tirer comme ça. Mon mari était très sérieux. Je lui demandai combien coûtait cet appareil, fis semblant de réfléchir. Puis je lui dis que, s'il en avait besoin, ce serait une bonne idée de l'acheter. « Ce sera une dépense utile, mon chéri. On ne va pas utiliser cet argent pour s'amuser, de toute façon.

— Tu as raison, dit mon mari. On ne va pas utiliser cet argent pour s'amuser », répéta-t-il. Puis il se tut et termina ses nouilles en silence.

Un couple d'oiseaux chantait, perché sur une branche en contrebas de nos fenêtres. Je les regardai un moment sans vraiment les voir. Je n'avais pas sommeil. Vraiment pas sommeil, et je me demandais pourquoi.

Pendant que je débarrassais la table, mon mari s'installa sur le canapé pour lire le journal. Mon livre était posé à côté de lui, mais il n'y prêta pas la moindre attention. Que je lise des romans ou non, cela ne l'intéressait pas.

Quand j'eus fini la vaisselle, il m'annonça :

— J'ai une surprise aujourd'hui. Devine ce que c'est ?

— Je ne sais pas, répondis-je.

— Mon premier client de l'après-midi a annulé son rendez-vous, je suis libre jusqu'à une heure et demie.

Puis il me fit un grand sourire.

Je réfléchis un peu, ne voyant pas où était la bonne surprise.

Je compris que c'était une invitation à faire l'amour lorsqu'il se leva et voulut m'entraîner dans la chambre. Mais je n'en avais pas la moindre envie. Je ne voyais absolument pas pourquoi il aurait fallu faire ça. Moi, je voulais seulement retourner à mon roman le plus rapidement possible. M'allonger sur le canapé et manger du chocolat en tournant les pages d'*Anna Karénine*. Je n'avais pas cessé de penser à Vronski pendant

que je faisais la vaisselle. Je me demandais comment Tolstoï s'y prenait pour contrôler si habilement ses personnages. Ses descriptions étaient merveilleusement précises. Et c'est exactement cette précision qui les empêchait de trouver le salut. Et ce salut, justement…

Je fermai les yeux, appuyai les doigts sur mes tempes.

— En fait, j'ai un peu mal à la tête depuis ce matin, dis-je, excuse-moi, je suis vraiment désolée.

Je souffrais de migraines de temps en temps, si bien que mon mari prit aussitôt ce prétexte pour argent comptant.

— Arrête-toi alors, va t'allonger et te reposer, répondit-il.

— Ce n'est pas si terrible.

Jusqu'à une heure passée, il resta sur le canapé, à lire tranquillement le journal en écoutant de la musique. Puis il me parla à nouveau de l'équipement du cabinet.

— Même en achetant les machines les plus modernes, en deux ou trois ans, elles sont déjà dépassées. Il faut en changer sans arrêt, et les seuls à tirer profit de tout ça, ce sont les fabricants de matériel dentaire, m'expliqua-t-il.

J'approuvai de temps à autre d'un mot, sans vraiment écouter.

Quand il fut reparti travailler, je repliai son journal, arrangeai les coussins du canapé en les tapotant un peu. Puis je m'adossai au rebord de la fenêtre et fis le tour de la pièce du regard. Je ne comprenais vraiment pas. Pourquoi n'avais-je pas sommeil ? J'avais passé quelques nuits blanches autrefois. Cependant, jamais je n'étais restée aussi longtemps sans dormir. Normalement, j'aurais dû succomber au sommeil depuis longtemps, et même si, par hasard je n'avais pas pu récupérer dans la matinée, à l'heure qu'il était j'aurais dû être morte de fatigue. Mais je n'avais pas du tout sommeil, et mon esprit était parfaitement clair.

J'allai à la cuisine, me fis réchauffer du café, le bus en réfléchissant à la suite du programme. Bien entendu, je voulais continuer à lire *Anna Karénine*. Mais en même temps j'avais aussi envie d'aller à la piscine comme d'habitude pour ma séance de natation. J'hésitai un moment et finalement décidai d'aller nager. Je ne saurais pas bien l'expliquer : c'était comme si je voulais expulser quelque chose de mon corps en faisant de l'exercice. Expulser. Mais expulser quoi ? Je réfléchis un moment. Oui, expulser quoi ?

Je l'ignorais.

Ce quelque chose flottait pourtant doucement à l'intérieur de mon corps, comme une sorte de possibilité. J'aurais voulu lui donner un nom, mais rien ne me venait à l'esprit. J'ai toujours eu du mal à trouver les mots. Et Tolstoï, aurait-il trouvé les mots exacts pour expliquer ce phénomène ?

Toujours est-il que je glissai mon maillot de bain dans mon sac, montai dans ma Civic et me rendis au club de sport. Il n'y avait personne de ma connaissance à la piscine. Seuls un jeune homme et une quadragénaire nageaient dans le bassin, tandis que le maître nageur surveillait la surface de l'eau avec l'air de s'ennuyer profondément.

Je mis mon maillot de bain, mes lunettes de natation, nageai une demi-heure, comme toujours. Cette fois, ces trente minutes ne me suffirent pas. Je nageai encore un quart d'heure. Pour finir, je fis deux longueurs en crawlant de toutes mes forces. J'étais essoufflée mais je me sentais toujours aussi pleine d'énergie. Quand je sortis de l'eau, les deux nageurs me regardaient d'un drôle d'air.

Il me restait encore un peu de temps avant trois heures, aussi passai-je à la banque en voiture. Je faillis m'arrêter également au supermarché pour faire quelques courses puis, finalement, j'abandonnai l'idée et rentrai à la maison. Je me mis à lire la suite d'*Anna Karénine*, en mangeant le reste du chocolat. Lorsque mon fils rentra de l'école à quatre heures, je lui fis boire un jus de fruits, lui donnai de la pâte de fruits que j'avais confectionnée moi-même. Ensuite, je commençai à préparer le dîner. Je sortis la viande du congélateur, la mis à décongeler, coupai des légumes pour les faire sauter. Je fis une soupe au *miso*, fis cuire du riz. J'accomplis toutes ces tâches rapidement et mécaniquement.

Ensuite je repris *Anna Karénine*.

Je n'avais toujours pas sommeil.

4

À dix heures, j'allai me coucher en même temps que mon mari. Puis je fis semblant de m'endormir. Lui sombra dans le sommeil tout de suite. À peine la lampe de chevet éteinte, il s'endormit quasi instantanément. On aurait dit que le commutateur de la lampe agissait sur lui comme un signal.

Merveilleux ! pensai-je. C'est rare d'être comme ça. Il y a sûrement beaucoup plus de gens qui souffrent d'insomnie que de gens comme lui. C'était le cas de mon père. Il se plaignait toujours de ne pas dormir. Il avait du mal à s'endormir et en plus se réveillait au moindre petit bruit.

Mais pas mon mari. Une fois endormi, rien ne le réveillait avant le matin. Au début de notre mariage, ça m'amusait, et j'avais fait diverses expériences pour essayer de découvrir ce qui pourrait bien le réveiller. Je lui versais de l'eau sur la figure, lui chatouillais le nez avec une brosse, rien n'y faisait. Si je continuais suffisamment longtemps, il finissait par pousser un gémissement de désagrément et c'était tout. Il ne rêvait même pas. En tout cas, il ne se souvenait d'aucun de ses rêves. Évidemment, il n'avait jamais fait de rêve éveillé comme moi. Il dormait aussi profondément qu'une tortue enfouie dans la vase, et voilà.

Magnifique ! Je restai allongée une dizaine de minutes à côté de lui et me levai. J'allai au salon, allumai le lampadaire, me versai un verre de cognac. Puis je m'assis sur le canapé et me mis à lire en savourant mon cognac gorgée après gorgée. Je me rappelai le chocolat que j'avais caché dans la contre-porte et m'en gavai. Et ainsi jusqu'au matin. Quand l'aube arriva, je refermai mon livre et me fis du café. Ensuite, je me préparai un sandwich et le mangeai.

Tous les jours la même chose recommença.

Je m'acquittais rapidement des tâches ménagères, puis passais le reste de la matinée à lire. Un peu avant midi, je m'arrêtais pour préparer le déjeuner de mon mari. Lorsqu'il repartait travailler vers une heure, j'allais à la piscine en voiture. Depuis que je ne dormais plus, il fallait que je nage au moins une heure par jour. Trente minutes d'exercice ne me suffisaient pas. Pendant que je nageais, je me concentrais uniquement là-dessus. Je ne pensais à rien d'autre qu'à bouger efficacement mon corps, à inspirer et à expirer régulièrement. Même quand je rencontrais des gens que je connaissais, je ne leur parlais pratiquement pas. Je me contentais de les saluer rapidement. Si on m'invitait, je prétextais quelque chose d'urgent à faire pour m'esquiver. Je n'avais envie de fréquenter personne. Je n'avais pas de temps à perdre en bavardages inutiles. Après avoir nagé tout mon soûl, je n'avais qu'une hâte : rentrer chez moi et lire.

Par devoir, je faisais les courses, le ménage, préparais à manger, tenais compagnie à mon fils. Par devoir, je faisais l'amour avec mon mari. Quand on est habitué, ce n'est pas bien compliqué. C'est même plutôt simple. Il suffit de couper toute connexion entre mental et physique. Pendant que mon corps s'agitait de son côté, mon esprit flottait dans un espace réservé à lui seul. Je rangeais la maison sans penser à rien. Je donnais à goûter à mon fils, parlais avec mon mari.

Depuis que je ne dormais plus, je me rendais compte à quel point la réalité est simple, à quel point il est facile de la faire fonctionner. C'est

la réalité, sans plus. Le ménage, c'est seulement le ménage. C'est comme faire fonctionner une machine toute simple, une fois qu'on a compris dans quel ordre faire les opérations pour la mettre en marche, il ne s'agit plus que de répéter les mêmes gestes : appuyer sur ce bouton, tirer cette manette. Ajuster le thermostat, fermer le couvercle, régler la minuterie.

De temps en temps, bien sûr, il y avait un léger changement dans la routine habituelle. La mère de mon mari vint nous rendre visite, nous dînâmes avec elle. Un dimanche, nous allâmes au parc, mon mari, mon fils et moi. Un autre jour, mon fils eut une diarrhée terrible.

Mais ces petits incidents n'ébranlaient pas les fondements de mon existence. Ils passaient à côté de moi, comme un vent qui souffle sans bruit. Je parlais de choses et d'autres avec ma belle-mère, faisais à dîner pour quatre, je prenais une photo devant la fosse aux ours, mettais une bouillotte sur le ventre de mon fils et lui donnais des médicaments.

Personne n'avait remarqué le changement qui s'était opéré en moi. Personne ne s'aperçut que je ne dormais plus la nuit, que je lisais pendant des heures, que j'avais l'esprit ailleurs, à des centaines d'années, à des milliers de kilomètres d'ici, même si, dans la réalité, j'accomplissais mes tâches par devoir, mécaniquement, sans la moindre affection ni émotion. Cela n'affectait en rien mes relations avec ma belle-mère, mon mari, mon fils. Ou plutôt si, ils paraissaient plus à l'aise qu'avant avec moi.

Une semaine s'écoula ainsi.

Quand j'entamai ma deuxième semaine d'éveil ininterrompu, une légère angoisse me saisit. C'était tout de même un état anormal. Tout le monde dort, les gens qui ne dorment pas, c'est du jamais-vu. J'avais lu un jour quelque part qu'empêcher les gens de dormir était une forme de torture, utilisée notamment par les nazis. Ils enfermaient leurs victimes dans des cellules aux lampes perpétuellement allumées et au vacarme incessant, pour les empêcher de sombrer dans le sommeil. À ce régime, les gens devenaient fous et mouraient rapidement.

Je n'arrivais pas à me souvenir de combien de temps mettait un homme privé de sommeil à devenir fou. Trois ou quatre jours, peut-être ? Moi, cela faisait plus d'une semaine que je ne dormais pas. C'était trop long, beaucoup trop long. Pourtant, mon corps ne donnait aucun signe d'affaiblissement ; au contraire, je me portais plutôt mieux qu'avant.

Un jour, après avoir pris une douche, je me regardai toute nue dans le miroir et fus étonnée de me découvrir une silhouette éclatante de vitalité. J'eus beau scruter mon corps dans le miroir de la tête aux pieds, je ne vis pas le moindre excédent de graisse, pas la moindre ride. Naturellement, j'avais perdu mon corps de jeune fille, mais ma peau était beaucoup plus lumineuse qu'autrefois, éclatante. Je me pinçai la peau du ventre pour voir. Elle était ferme et merveilleusement élastique.

Et puis je m'aperçus que j'étais beaucoup plus jolie que je ne pensais. J'avais l'air très jeune. Si je prétendais avoir vingt-quatre ans, on me croirait sans doute. J'avais la peau lisse, les yeux brillants, les lèvres humides. Même l'ombre au creux de mes pommettes (détail que je détestais par-dessus tout en moi) avait disparu. Je restai assise une demi-heure devant le miroir, fascinée par mon reflet. Je m'observai sous différents angles, objectivement. Aucun doute, j'étais vraiment jolie.

Que m'était-il donc arrivé ?

Je songeai même à aller voir un médecin. J'avais un médecin de famille qui s'occupait de moi depuis l'enfance, je me sentais proche de lui, mais, en imaginant sa réaction, je me sentis déprimée. Me croirait-il seulement ? Si je lui disais que je ne dormais pas depuis plus d'une semaine, il commencerait par se demander si j'étais saine d'esprit. Ou alors il estimerait qu'il s'agissait d'une névrose due à l'insomnie. Ou bien il me croirait vraiment, et dans ce cas m'enverrait dans un grand hôpital faire toute une série d'examens.

Et ça donnerait quoi ?

Je serais enfermée, puis trimbalée ici et là pour des expériences. On me ferait des scanners, des électroencéphalogrammes, des analyses d'urine, de sang, des tests psychologiques et que sais-je encore.

Jamais je ne le supporterais. Tout ce que je voulais, c'était qu'on me laisse tranquille dans mon coin pour lire mes romans. Et nager une heure par jour. Mais, par-dessus tout, je voulais garder ma liberté. Tels étaient mes souhaits les plus profonds. Je n'avais aucune envie d'aller à l'hôpital. D'ailleurs, même si j'acceptais d'y aller, qu'est-ce que les médecins y comprendraient en fin de compte ? Ils me feraient des montagnes d'examens, échafauderaient des montagnes de théories. Je n'avais pas la moindre envie de me retrouver enfermée dans ce genre d'endroit.

Un après-midi, j'allai à la bibliothèque et lus des livres sur le sommeil. Il n'y en avait pas beaucoup et ils ne donnaient guère de renseignements intéressants. Finalement, tout revenait à

une chose : le sommeil, c'est le repos. C'est comme couper le moteur d'une voiture. Si on fait marcher un moteur sans jamais l'arrêter, il ne tarde pas à se dégrader. Les mouvements du moteur produisent de l'énergie, et cette énergie accumulée fatigue la machine même qui la produit. C'est pourquoi il faut qu'elle se repose pour se refroidir. *Cool down*. On coupe le moteur. Le sommeil, c'est pareil. Dans le cas des humains, le physique et le mental se reposent tous les deux. Quand le corps est allongé, les muscles se reposent, et en même temps les yeux se ferment et le flux des pensées s'arrête. Le trop-plein d'énergie produit par les pensées est ensuite éliminé naturellement à travers les rêves.

Dans un livre, pourtant, j'ai découvert une théorie intéressante. Les êtres humains sont incapables d'échapper à des tendances personnelles déterminées, affirmait l'auteur, et c'est valable pour les mouvements physiques comme pour l'activité mentale. Les êtres humains construisent et renforcent leurs propres tendances mentales et comportementales au cours de leur vie sans même s'en rendre compte, et sauf extraordinaire ces tendances une fois installées ne s'effacent plus. Autrement dit, les gens vivent enfermés dans la prison de leurs tendances. Et le sommeil, pour-

suivait l'auteur, agit en régulateur de ces tendances ; il a pour but de les harmoniser pour éviter un déséquilibre, comme avec un talon de chaussure qui ne s'userait que d'un côté. Le sommeil est un régulateur thérapeutique. Au cours du sommeil, les muscles utilisés dans la journée se détendent naturellement, les circuits de pensées survoltés s'apaisent, la décharge énergétique est facilitée. Ainsi les gens se refroidissent – *cool down* – comme un moteur, et cela est programmé dans tout organisme humain, personne ne peut y échapper. Si jamais on s'écartait de ce schéma, disait l'auteur, les fondements mêmes de l'existence seraient menacés.

Tendances ?

Ce mot me faisait penser aux tâches ménagères. Les diverses tâches ménagères que j'accomplissais mécaniquement, sans le moindre état d'âme. La cuisine, les courses, la lessive, l'éducation de mon fils, tout cela n'était rien d'autre que des tendances. J'aurais pu m'acquitter de ces tâches-là les yeux fermés. Car ce n'était rien d'autre que des tendances. Appuyer sur un bouton, tirer une manette. Il suffisait de faire ça et la réalité poursuivait son cours. Répéter toujours les mêmes gestes : une tendance, sans plus. J'étais fatiguée de mes tendances, comme un talon de chaussure usé d'un seul côté, et j'avais besoin de sommeil chaque jour pour me réparer, refroidir mon moteur.

C'était donc ça ?

Je relus attentivement le passage. Puis je hochai la tête. Oui, ça devait être ça.

Ma vie, alors, qu'était-ce donc ? Être usée par mes tendances, puis dormir pour me réparer ? Ma vie n'était donc que cette répétition ? Cela ne menait nulle part.

Assise devant ma table dans la bibliothèque, je secouai la tête toute seule.

Je n'ai pas besoin de sommeil, me dis-je. Même si ça devait me rendre folle, même si ça devait menacer « les fondements mêmes de mon existence », tant pis, je ne voulais pas dormir. Ça m'est égal. Je refuse d'être usée par mes tendances. Je ne veux pas d'un sommeil intervenant régulièrement juste pour restaurer l'énergie que mes tendances ont consommée. Je n'en ai pas besoin. Même si mon corps physique ne peut s'empêcher d'être usé par ces tendances, mon esprit, lui, m'appartient. Je veux le garder uniquement pour moi. Je refuse de le céder à quiconque. Je ne veux pas qu'on me soigne. Je ne veux pas dormir.

Je quittai la bibliothèque armée de cette nouvelle résolution.

5

Ainsi, ne pas dormir ne me faisait plus peur. Je n'avais rien à craindre. Il fallait voir les choses positivement : ma vie prenait une nouvelle dimension, en fait. De dix heures du soir à six heures du matin, mon temps n'appartenait qu'à moi. Jusque-là, j'avais passé un temps équivalent à un tiers de mes journées à dormir – ce qu'ils appelaient un « acte réparateur destiné à refroidir le moteur ». Mais désormais tout ce temps m'appartenait. À moi et à personne d'autre. Rien qu'à moi. Et je pouvais l'utiliser comme je l'entendais. Personne ne viendrait me déranger. C'était un agrandissement de ma vie. Ma vie s'était agrandie d'un tiers.

Vous me direz sans doute qu'il s'agit d'une anomalie biologique, et vous aurez raison. Peut-être qu'un jour prochain il me faudra payer ma dette, pour avoir continué si longtemps à me comporter anormalement, biologiquement parlant. Je devrai peut-être rendre cette partie supplémentaire de ma vie – ce que j'avais pris par avance donc. Si l'hypothèse est sans fondement, rien ne permet de la réfuter non plus, et moi-même je sens là une certaine logique. Autrement dit, peut-être qu'en fin de compte le temps qui nous est imparti et le temps que nous empruntons en plus s'équilibrent.

Mais, à franchement parler, cela m'était bien égal. Le fait que je doive mourir plus jeune à cause de ça ne me faisait ni chaud ni froid. Les hypothèses pouvaient suivre leur cours. Il n'en restait pas moins qu'en ce moment j'agrandissais ma vie. Et c'était merveilleux. Enfin, il se passait quelque chose, je me sentais vivre. Je ne m'usais pas. En tout cas, il existait une partie de moi qui ne se consumait pas. Et c'est pour ça que je me sentais réellement vivre. Je trouve qu'une existence humaine, même si elle dure très longtemps, n'a aucun sens si l'on n'a pas le sentiment de vivre. Maintenant je m'en rends compte clairement.

Après avoir vérifié que mon mari était bien endormi, je me rendais au salon, m'asseyais sur le canapé, buvais un verre de cognac et ouvrais un livre. La première semaine, je relus *Anna Karénine* trois fois de suite. Plus je le lisais, plus je faisais de nouvelles découvertes. Ce long roman était plein d'énigmes et de nouveautés. Comme une série de boîtes, chaque monde en contenait un autre plus petit, et ainsi à l'infini. Et, tous ensemble, ces mondes formaient un univers entier, et cet univers était là, attendant d'être découvert par le lecteur. Autrefois, je n'en avais saisi qu'une infime partie. Aujourd'hui, mon regard pénétrait clairement au travers, je voyais ce que Tolstoï avait voulu dire, ce qu'il voulait faire comprendre aux lecteurs, avec quelle efficacité il avait cristallisé son message sous forme d'un roman, et en quoi ce roman dépassait finalement l'écrivain lui-même. Je distinguais tout cela.

Je pouvais consacrer mon attention à un livre aussi longtemps que je voulais, je ne me fatiguais jamais. Après avoir lu plusieurs fois de suite *Anna Karénine*, je passai à Dostoïevski. Oui, je pouvais lire autant de livres que je voulais en y mettant toute ma concentration, sans la moindre fatigue. Je comprenais sans effort les passages les plus ardus. Et je ressentais des émotions profondes.

C'était mon vrai moi qui se révélait. En arrêtant de dormir, j'avais élargi ma conscience. Ce qui est important, c'est la force d'attention, me disais-je. Les gens qui n'ont aucune puissance de concentration auront beau écarquiller les yeux, ils ne verront rien.

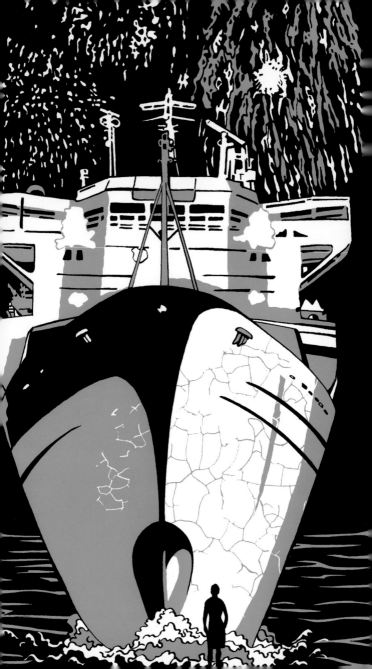

Bientôt, je n'eus plus de cognac. J'avais bu presque une bouteille entière. J'allai dans un grand magasin et achetai une autre bouteille identique, du Rémy Martin. J'en profitai pour prendre aussi une bouteille de vin rouge. Et un verre à cognac en cristal, de qualité. Et également des biscuits au chocolat.

De temps en temps, lire me mettait dans un état de surexcitation fébrile. À ces moments-là, j'interrompais ma lecture et m'agitais dans la pièce en tous sens. Je faisais des mouvements de gymnastique ou je me contentais d'arpenter la pièce. Quand l'envie m'en prenait, il m'arrivait aussi de partir pour une promenade nocturne. Je me rhabillais, sortais la voiture du parking et me baladais dans le quartier au hasard. J'entrais parfois dans un restaurant ouvert la nuit pour boire un café, mais cela m'était pénible de voir des gens, et en général je préférais rester dans la voiture. Il m'arrivait aussi de me garer dans un endroit qui me paraissait suffisamment sûr et de rester là, à réfléchir dans le noir. D'autres fois j'allais jusqu'au port, et je restais un moment à regarder les bateaux.

Une fois seulement, un policier s'approcha de la voiture pour me poser des questions. Il était deux heures du matin, j'étais garée sous un réverbère près de la jetée et regardais les lumières des bateaux tout en écoutant de la musique. Le policier frappa à la vitre, je la baissai, il était jeune, beau et très poli. Je lui expliquai que je faisais de l'insomnie. Il me demanda mon permis de conduire, j'obtempérai. Il examina mes papiers un moment puis me dit qu'il y avait eu un meurtre le mois précédent dans le coin : un couple avait été agressé par trois jeunes voyous, ils avaient tué l'homme et violé la femme. Je me rappelais en avoir entendu parler aux actualités. Je hochai la tête. « Il vaut mieux ne pas traîner par ici la nuit si vous n'avez rien de particulier à y faire, madame », dit-il. « Merci, je m'en vais », répondis-je. Il me tendit mon permis, et je démarrai.

Mais ce fut la seule fois où quelqu'un m'adressa la parole. Je rôdais généralement une heure ou deux en ville sans être dérangée par personne. Ensuite, je rangeais la voiture au garage. À côté de la Bluebird blanche de mon mari, assoupie dans les ténèbres. Puis je tendais l'oreille au bruit du moteur qui refroidissait. Quand le bruit cessait, je sortais de la voiture, remontais à l'appartement.

En rentrant, je me dirigeais droit vers la chambre, pour vérifier que mon mari dormait bien. Il dormait toujours profondément. Ensuite j'allais voir dans la chambre de mon fils : lui aussi dormait profondément. Tous deux ne savaient rien. Ils croyaient que le monde allait comme par le passé, inchangé. Mais il n'en était rien. Le monde changeait rapidement, à leur insu. Et de façon irréversible.

Une nuit, je vins contempler longuement le visage de mon mari endormi. Entendant un bruit de chute dans la chambre, je m'y étais précipitée : le réveil était tombé par terre, il avait dû bouger un bras dans son sommeil et le faire tomber. Mais il continuait à dormir comme si de rien n'était. Rien ne le réveillerait donc jamais ? Je ramassai le réveil, le reposai à son chevet. Puis je croisai les bras et restai à le regarder. Cela faisait vraiment longtemps que je ne l'avais pas regardé dormir. Combien d'années ?

Au début de notre mariage, cela m'arrivait souvent. Cela me donnait un sentiment de paix, de soulagement. Tant qu'il dormirait paisiblement ainsi, je me sentirais protégée, me semblait-il. C'est pourquoi, autrefois, je passais beaucoup de temps à le regarder dormir.

Mais un jour, je ne sais plus quand, j'avais cessé de le faire. J'essayai de me rappeler quand. Sans doute au moment de cette dispute avec sa mère lors de la naissance de notre fils. Ma belle-mère était attachée à la religion, et elle voulait que le nom de mon fils soit choisi par un prêtre.

J'ai oublié de quel nom il s'agissait, mais je n'avais aucune envie de m'en voir imposer un. Je m'étais disputée violemment avec ma belle-mère à ce propos. Mon mari n'avait rien dit. Il était à côté de nous et s'était contenté de nous regarder sans intervenir.

C'est à ce moment-là que j'avais perdu le sentiment qu'il me protégeait. Il ne m'avait absolument pas soutenue, et cela m'avait mise dans une rage folle. Évidemment, c'était une vieille histoire, depuis je m'étais réconciliée avec ma belle-mère. J'avais choisi librement le nom de mon fils et m'étais également réconciliée tout de suite avec mon mari.

Pourtant, je crois bien que c'est à partir de ce jour-là que j'ai arrêté de le regarder dormir.

Maintenant, debout à côté de lui, je le regardais. Il dormait aussi profondément que d'habitude. Un de ses pieds nus émergeait de sous la couette, plié selon un angle bizarre. On aurait dit que ce gros pied mou appartenait à quelqu'un d'autre. Sa grande bouche était entrouverte, la lèvre inférieure pendante, et de temps à autre un frémissement parcourait ses narines. Il avait de grosses poches sous les yeux, qui lui donnaient un air vulgaire. Sa façon de fermer les yeux me sembla aussi pleine de vulgarité. Il avait des paupières épaisses, comme si une couche de peau fanée lui couvrait les yeux. Je lui trouvais l'air complètement idiot. Il dormait comme s'il était mort. Qu'il est laid quand il dort ! pensai-je. C'était vraiment affreux. Ce n'est pas possible, il n'était pas comme ça autrefois, me dis-je. Lorsqu'on s'était mariés ses traits devaient être plus fermes, son visage plus éclatant. Il dormait tout aussi profondément, mais pas avec cette tête de débauché.

J'essayai de me rappeler son visage d'autrefois, quand je le regardais dormir. Mais en dépit de tous mes efforts, je n'y parvins pas. Il ne pouvait avoir eu un visage aussi laid, c'était impossible. Ou bien essayais-je seulement de m'en persuader ? Peut-être qu'il avait la même tête qu'aujourd'hui. Seule ma projection sentimentale me le faisait le voir autrement. C'est ce que m'aurait dit ma mère. C'était sa spécialité, ce genre de raisonnement, elle m'expliquait toujours : la folle passion, ça dure deux ans, trois au plus. « C'est seulement parce que tu étais amoureuse de lui que tu le trouvais si mignon endormi », voilà ce qu'elle me dirait maintenant.

Mais moi je savais qu'il n'en était rien. Mon mari n'était pas si laid autrefois, j'en étais sûre. Ses traits avaient perdu leur fermeté. Il avait vieilli, bien sûr, et puis il était fatigué. Usé. Et à l'avenir, c'était certain, il allait devenir encore plus laid. Et moi, je devrais supporter sa laideur.

Je poussai un soupir. Un énorme soupir qui, évidemment, ne fit même pas tressaillir mon mari. Ce n'était pas un soupir qui allait le réveiller, ça non !

Je quittai la chambre, retournai au salon. Je bus un verre de cognac, lus un peu. Mais quelque chose me tracassait. Je posai le livre, allai dans la chambre de mon fils. Je laissai la porte ouverte et le regardai dormir à la lumière du couloir. Il dormait aussi profondément que son père. Comme d'habitude. Je regardai longuement son visage lisse d'enfant. Naturellement, il était très différent de mon mari, ce n'était encore qu'un enfant. Sa peau était éclatante, il n'y avait pas la moindre trace de vulgarité en lui.

Pourtant, quelque chose me pinçait le cœur. C'était la première fois que je ressentais cela vis-à-vis de mon fils. Debout à côté de son lit, les bras croisés, je me mis à réfléchir. Je l'aimais, bien sûr. Je l'aimais énormément. Quelque chose en lui m'irritait, toutefois, à n'en pas douter.

Je secouai la tête.

Je fermai longuement les yeux. Puis les rouvris et regardai à nouveau mon fils. Et je compris ce qui m'irritait : c'était sa ressemblance avec son père. Et avec ma belle-mère. Une sorte d'entêtement, d'autosatisfaction héréditaire – une espèce d'arrogance propre à ma belle-famille, et que je détestais. Mon mari était gentil avec moi, sans aucun doute. Il était tendre, attentionné. Il ne me trompait pas, travaillait beaucoup. Il était sérieux, aimable avec tout le monde. Toutes mes amies me chantaient en chœur ses louanges. Rien à dire, il était parfait. Mais ce qui m'irritait c'était justement cette perfection. Dans cette totale absence de défauts, il y a une étrange rigidité qui ne laisse aucune place à l'imagination. Et c'est cela qui me gêne.

Et mon fils dort avec, sur le visage, la même expression que mon mari.

Je secouai de nouveau la tête. Finalement lui aussi est un étranger, pensai-je. Il va grandir, sans comprendre ce que moi, sa mère, je ressens.

J'aimais mon fils, il n'y avait pas le moindre doute. Mais j'avais le pressentiment que dans le futur je ne l'aimerais plus aussi intensément. Cette pensée n'était pas très maternelle. Sans doute les mères normales ne pensent-elles pas cela. Pourtant je le savais : le jour viendrait où je mépriserais mon fils. Je le pensais sincèrement, en regardant le visage de mon enfant endormi.

Cette pensée m'attrista. Je fermai la porte de la chambre et j'éteignis la lumière du couloir. Je

me rassis sur le canapé du salon, rouvris mon livre puis le refermai au bout de quelques pages. Je regardai ma montre : il était presque trois heures.

Je me demandai depuis combien de nuits je n'avais pas dormi. La première fois, c'était la nuit de mardi, deux semaines en arrière. Voilà donc dix-sept jours aujourd'hui. C'est ma dix-septième nuit consécutive sans dormir, et je n'ai pas sommeil ! Dix-sept jours et dix-sept nuits. C'est très long. Je ne me rappelle même plus ce que c'est que dormir.

Je fermai les yeux pour voir. Essayai de me rappeler la sensation du sommeil. Mais il n'y avait rien d'autre que les ténèbres éveillées. Les ténèbres éveillées. Cela m'évoquait la mort.

Et si je mourrais ?

S'il m'arrivait de mourir à présent, qu'aurait été ma vie ?

Évidemment, je n'avais pas la moindre idée de ce qu'était ma vie.

Et la mort alors, qu'était-ce ?

Jusque-là, je voyais le sommeil comme une sorte de préfiguration de la mort. J'imaginais la mort comme un phénomène dans la ligne de prolongation du sommeil. Autrement dit, la mort était un sommeil, encore plus profond et dénué de conscience que l'endormissement ordinaire

– le repos éternel, le *black out*. C'est ainsi que je voyais les choses.

Mais si ce n'était pas ainsi ?

La mort était peut-être un état complètement différent du sommeil ? C'était peut-être des ténèbres éveillées et sans fin comme celles que je contemplais en ce moment derrière mes paupières closes. La mort, cela revenait peut-être à rester éternellement éveillé dans les ténèbres ?

Non, ce serait trop affreux. Si la mort n'était pas un état de repos, quel salut espérer dans cette vie imparfaite et éreintante ? Mais finalement, personne ne savait ce qu'était la mort. Qui donc l'avait vraiment vue ? Personne. Seuls les morts connaissent la mort. Les vivants en ignorent tout. Ils ne font qu'imaginer. Simples supputations. Ce n'est même pas logique de penser que la mort soit un repos. On ne sait pas tant qu'on n'est pas mort. Mourir peut être n'importe quoi d'autre que le repos.

À cette idée, une violente terreur m'assaillit. Un frisson glacé me parcourut l'échine. Je me raidis, les yeux toujours fermés. Je ne pouvais plus les rouvrir. Je regardai fixement les épaisses ténèbres qui se dressaient devant moi, des ténèbres profondes et sans aucun espoir de salut, comme l'univers même. J'étais seule. Je me concentrai pour élargir ma conscience. Il me semblait que si je voulais, je pourrais voir jusqu'au fond de ces ténèbres. Mais il était trop tôt.

Si jamais la mort c'était ça, que devais-je faire ? Si la mort c'était rester éveillé pour l'éternité, les yeux fixés sur les ténèbres ?

J'ouvris enfin les yeux et avalai d'un trait le reste de mon verre de cognac.

6

J'ôtai mon pyjama, enfilai mon jean, une parka par-dessus mon tee-shirt. Puis je nouai mes cheveux en une queue-de-cheval que je fourrai dans le col de ma parka, enfonçai sur ma tête la casquette de base-ball de mon mari. Je me regardai dans la glace : j'avais l'air d'un garçon. Parfait. Je mis mes baskets et descendis au garage.

Je montai dans ma Civic, tournai la clé de contact, fis ronfler le moteur un moment, tendis l'oreille. Toujours le même bruit, rien d'anormal. Les deux mains sur le volant, je pris plusieurs inspirations profondes. Je passai en seconde et quittai la résidence. La voiture me paraissait plus légère que d'habitude à conduire. Comme si elle glissait sur l'eau. Je changeai précautionneusement de vitesse, quittai la ville, pris l'autoroute menant vers Yokohama.

Il était trois heures du matin, mais la circulation était encore intense. D'énormes semi-remorques roulant vers l'est faisaient vibrer la chaussée.

Les camionneurs non plus ne dorment pas. Ils dorment le jour, roulent la nuit, pour améliorer leur rendement. Moi aussi, j'aurais pu travailler de nuit, puisque je n'ai pas besoin de dormir.

Ce n'était certainement pas naturel, d'un point de vue biologique. Mais qui connaît vraiment la nature ? On décide de ce qui est naturel d'un point de vue biologique par déduction, expérimentalement. Et moi, j'étais sur un point situé au-delà des déductions. Supposons que je sois un échantillon en avance sur l'évolution : une femme qui ne dort pas. Une femme à la conscience élargie.

Cette pensée me fit sourire.

Un exemple de bond en avant dans l'évolution humaine.

Je conduisis jusqu'au port, tout en écoutant la radio. J'avais envie d'écouter de la musique classique, mais pas une seule station n'en diffusait au milieu de la nuit. Partout il n'y avait qu'une soupe rock japonaise, des chansons d'amour poisseuses. Ne trouvant rien d'autre, j'écoutai tout de même. Cela me donna le sentiment d'être tout d'un coup très loin, ailleurs. Très loin de Haydn et de Mozart.

Je m'arrêtai sur un grand parking aux places délimitées par des bandes blanches. Je choisis l'endroit le plus éclairé, sous un réverbère. Il n'y avait qu'une voiture garée sur le parking. Le genre de voiture qu'aiment bien les jeunes : un coupé blanc à deux portes. Un vieux modèle. Sans doute des amoureux. Qui n'ont peut-être pas assez d'argent pour aller à l'hôtel et sont en train de faire l'amour dans la voiture. J'enfonçai profondément ma casquette sur ma tête, pour éviter les ennuis et dissimuler que j'étais une femme, vérifiai que mes portières étaient bien fermées à clé.

Tandis que je regardais vaguement le paysage alentour, je me rappelai être allée un soir faire un tour en voiture avec mon petit ami quand j'étais en première année d'université. Nous avions poussé le flirt assez loin, il n'en pouvait plus et voulait absolument me faire l'amour, mais je refusai. Je me remémorai la scène, les deux mains posées sur le volant, tout en prêtant l'oreille à la musique de la radio. Mais je ne me rappelais pas bien le visage du garçon, comme si ça remontait à un passé très lointain.

Depuis que je ne dors plus, mes souvenirs s'éloignent de moi à une vitesse croissante. C'est

très étrange. Chaque nouvelle nuit qui passe, il me semble que le moi du temps où je dormais n'était pas mon véritable moi, que mes souvenirs de cette époque ne sont pas de vrais souvenirs. Les gens peuvent donc changer à ce point, me disais-je, sans que leur entourage se rende compte de rien. Je suis la seule à savoir que j'ai changé. Même si j'expliquais aux autres ce qui m'arrive, ils ne comprendraient pas. Ils ne me croiraient pas. Et s'ils me croyaient, de toute façon, ils ne pourraient pas comprendre exactement ce que je ressens. Ils me verraient sans doute uniquement comme quelqu'un qui menace leur petit monde de déductions.

Mais moi, j'ai *réellement* changé.

Je ne sais pas combien de temps je suis restée sans bouger dans ma voiture, les yeux fermés, les mains sur le volant, à regarder les ténèbres éveillées.

Tout à coup, j'ai senti une présence près du véhicule. J'ai ouvert les yeux, regardé autour de moi. Une ombre rôde, là, dehors. Essaie d'ouvrir la portière. Heureusement, elle est fermée à clé. Je me rends compte alors qu'il y a deux ombres obscures, une de chaque côté de la voiture. Une à gauche, une à droite. Je ne distingue pas leurs visages, ni leurs vêtements. Je vois juste deux ombres noires, debout à côté de ma voiture.

Coincée entre ces deux ombres, ma Civic a l'air minuscule. On dirait une petite boîte à gâteaux. Je la sens ballotter de gauche à droite. Quelqu'un frappe du poing sur la vitre droite. Je sais que ce n'est pas un policier cette fois. Un policier ne frapperait pas de cette façon. Il ne secouerait pas la voiture. Je retiens mon souffle. Que faire ? J'ai l'esprit confus. La sueur coule sous mes aisselles. Il faut que je démarre, vite. La clé, tourner la clé. Je tends la main, saisis la clé, la tourne vers la droite. Le contact grince.

Mais le moteur ne démarre pas.

Mes doigts tremblent. Je ferme les yeux, tourne à nouveau la clé. Sans résultat. J'entends juste un grincement, comme si des ongles griffaient un énorme mur. Le moteur tousse, tousse, sans démarrer. Les deux hommes continuent à secouer ma voiture. Ils la secouent de plus en plus fort. Je crois qu'ils essaient de la retourner.

Quelque chose ne tourne pas rond. Si je réfléchis calmement, ça va s'arranger. Réfléchis, réfléchis. Calme-toi, réfléchis. Lentement. Quelque chose ne tourne pas rond.

Quelque chose ne tourne pas rond.

Mais je ne sais pas quoi. Les ténèbres épaisses se resserrent sur mon esprit. Je ne peux plus aller nulle part. Mes mains tremblent sans arrêt.

J'enlève la clé, j'essaie de la remettre. Mes doigts tremblent, je n'arrive pas à l'insérer dans la fente. J'essaie encore et encore, et soudain la clé tombe par terre. Je me penche pour la ramasser. Sans y arriver. À cause des secousses qui agitent la voiture. Au moment où je me penche à nouveau, ma tête heurte violemment le volant.

J'abandonne. Je m'enfonce dans mon siège, les deux mains sur le visage, et je pleure. Je ne peux rien faire d'autre. Mes larmes coulent, coulent. Je suis seule, enfermée dans cette petite boîte, et je ne peux plus aller nulle part. C'est l'heure la plus sombre de la nuit, dehors les deux hommes continuent à secouer ma voiture dans tous les sens. Dans un instant, ils vont la retourner.

Du même auteur
aux Éditions 10/18

Après le tremblement de terre, n° 3379
Au sud de la frontière, à l'ouest du soleil, n° 3499
Les amants du Spoutnik, n° 3684
Kafka sur le rivage, n° 4048
Le passage de la nuit, n° 4136
L'éléphant s'évapore, n° 4213
La ballade de l'impossible, n° 4214
Saules aveugles, femme endormie, n° 4318
Autoportrait de l'auteur en coureur de fond, n° 4420

Composé par Nord Compo Multimédia
7, rue de Fives, 59650 Villeneuve-d'Ascq

Achevé d'imprimer en France par Chirat
Dépôt légal : août 2011
Nouveau tirage : juin 2012
N° d'édition : 4399